DATE DUE

DEC 3 0 1997	JUN 2 2 1998
MAY 1 2 1998	FEB 1 3 2002
AUG 2 6 1998	APR 0 0 2004
OCT 1 6 1998	
FEB 1 6 1999	
MAR 1 6 1999	SEP 1 0 2008
APR 1 1999	DEC 2 7 2012
AUG 2 6 1999	
NOV 0 9 1999	
MAR 1 6 2000	
FEB 0 9 2001	
FEB 0 9 2001	

GAYLORD   PRINTED IN U.S.A

El Viejo Oso

editorial
Zendrera Zariquiey

Edición original publicada en 1986 con el título:
Old Bear
por Hutchinson, Random House Children's Books
© Jane Hissey, 1986
© De la traducción castellana:
   Editorial Zendrera Zariquiey, Barcelona, 1996
   Sant Gervasi de Cassoles, 79, 08022 Barcelona Tel.: (93) 211 11 46

Traducción: Pilar Garriga
Primera edición: septiembre 1996

ISBN: 84-89675-12-0
Producción: Addenda, s.c.c.l., Pau Claris 92, 08010 Barcelona

El Viejo Oso

JANE HISSEY

No era el cumpleaños de nadie, pero Morenito presentía que aquel día sería especial. Estaba pensativo, sentado en el alféizar de la ventana con sus amigos el Pato, el Conejo y el Osito, cuando de repente recordó que faltaba alguien.

SPAN
E.
HISSEY

Tiempo atrás, había visto cómo metían en una caja a su buen amigo, el Viejo Oso. Después lo subieron por una escalera y lo guardaron, tras abrir la trampilla, en el desván. Los niños lo habían maltratado demasiado y el oso necesitaba descansar una temporada.

—**C**reéis que se han olvidado de él? —preguntó Morenito a sus compañeros.

—Yo creo que sí —contestó el Conejo.

—¡Hum! —remugó el Osito. Creo que ya es hora de que vuelva con nosotros. Los niños han crecido, y le tratarán mejor.

¡Vamos a buscarle!

—¡Buena idea! —dijo Morenito—. Pero... ¿Cómo le rescataremos? El desván está muy alto, y no tenemos escalera.

—Podríamos construir una torre —sugirió el Osito.

El Conejo recogió todas las piezas para construir la torre. La hicieron muy alta, y cuando el Osito estaba colocando la última pieza, la torre comenzó a tambalearse.

—¡Cuidado, que voy! —gritó cuando todo se desmoronó.

—¡Da igual! —dijo Morenito mientras ayudaba a su amigo a levantarse.

Pensaremos otra cosa.

—**I**ntentemos hacer nosotros mismos una torre —propuso el Pato.

—¡Buena idea! —exclamó Morenito.
El Osito se subió a la cabeza del Conejo, y el Conejo saltó sobre el pico del Pato. Se estiraron como pudieron, pero el Pato abrió el pico para decir algo, y entonces el Conejo se tambaleó, y todos cayeron encima de Morenito.

—Lo siento —dijo el Pato. Me parece que no ha sido una buena idea.

—No de las mejores —contestó Morenito desde debajo.

-¡**Y**a lo tengo! —exclamó el Conejo—. Podemos intentarlo saltando sobre la cama.

—No me extraña que pienses eso —le comentó Morenito. Te encanta saltar, sobre todo cuando te lo prohíben.

El Conejo se subió a la cama y empezó a botar una y otra vez. Los demás le imitaron. Cada vez saltaban más alto, pero aún no alcanzaban la trampilla del techo.

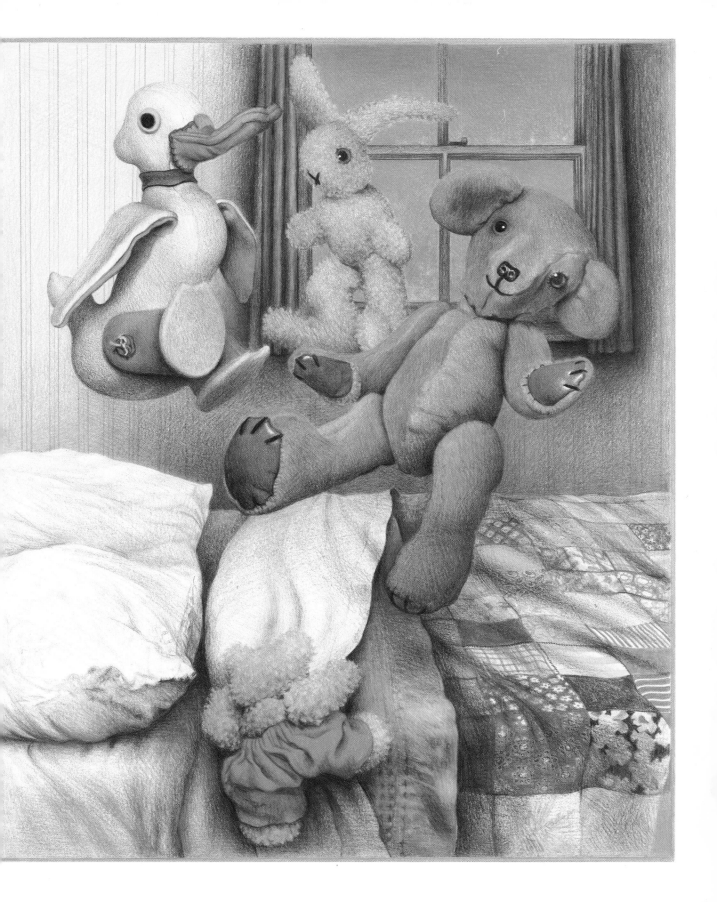

El Pato empezó a llorar. —¡Qué mala suerte!
—dijo entre sollozos. ¿Y ahora qué haremos?
Nunca podremos rescatar al Viejo Oso, y el pobre
se quedará allí arriba, más solo que la una...

   —¡No nos rendiremos! —dijo Morenito con firmeza.

   —Vamos, Osito, tú que tienes buenas ideas...
Pero el Osito ya había visto la planta del rincón
de la habitación.

—¡**P**ues sí, tengo una idea! —grito el Osito.
¡Puedo trepar hasta la hoja más alta, balancearme
hasta abrir la trampilla de una patada, y saltar
al desván!

Para que la planta no se moviera, Morenito,
el Pato y el Conejo sostenían el tiesto. El Osito
trepó por la planta como un valiente hasta que
llegó a la hoja más alta. Se cogió firmemente
y empezó a columpiarse de un lado a otro, pero
se balanceó tanto que la hoja se rompió y el Osito
cayó al suelo. Afortunadamente,
Morenito estaba debajo y le ahorró
un tozolón.

—¡Pues no salió bien!
—dijo el Osito.

—Estaba pensando —intervino
el Pato— que es una pena que
yo no sepa volar mucho, pero
con un poco de ayuda...

—¡Ajá! —exclamó Morenito—.
Querido Pato, me acabas de dar
una buenísima idea. Estoy
seguro de que funcionará.

En un rincón de la habitación de los juguetes había un pequeño aeroplano de madera con una hélice que giraba y giraba.

—Podemos utilizar esa avioneta para llegar a la trampilla —dijo Morenito. Ya sé que es peligroso, pero no soporto ni un minuto más la idea de que el Viejo Oso siga allí arriba abandonado de todos.

—¡Yo la pilotaré! —dijo el Conejo saltando y emitiendo ruidos con la boca como si fuera un aeroplano.

—¡Pues yo iré detrás y abriré la trampilla con mi pincel! —añadió el Osito.

—¿Y cómo bajaréis? —preguntó el Pato.

—Ya he pensado en eso —contestó Morenito, que aún no lo había hecho, pero que lo hizo en un abrir y cerrar de ojos—. Pueden usar estos pañuelos como paracaídas, y extenderemos una manta para que no se hagan daño cuando aterricen.

Morenito dio al Osito dos pañuelos grandes
y una linterna para que pudiera ver una
vez dentro del desván. Después empezó a
hacer girar la hélice de la avioneta.
El Conejo y el Osito subieron al aeroplano,
y Morenito comenzó la cuenta atrás:
—¡Cinco! ¡Cuatro! ¡Tres! ¡Dos! ¡Uno! ¡CERO!
¡Y arrancaron! La avioneta corría como un rayo
por la alfombra, y despegó como si fuera de verdad.

El pequeño aeroplano volaba como un pájaro, y la primera vez que pasaron por debajo de la trampilla, el Osito pudo abrir la puertecilla con el pincel. El Conejo dio media vuelta en seguida, y esta vez pasó tan cerca del agujero que el Osito pudo cogerse del borde. Después, haciendo fuerza con los brazos, se metió dentro.

Sacó la linterna y miró a su alrededor. El desván estaba oscuro y silencioso; lleno de cajas, ropa vieja y polvo. Ni rastro del Viejo Oso.

—¿Hay algún oso por aquí? —susurró, y se quedó quieto escuchando.

Desde algún lugar cercano oyó un apagado «Grrrrr», seguido de un «¿Quién es?». El Osito apartó unas cuantas cosas y, detrás de una caja de cartón, y cubierto de polvo, descubrió al Viejo Oso.

El Osito saltaba de emoción.

—¡Eh, chicos! ¡He encontrado al Viejo Oso!
—gritó con alegría.

   —Sí, es verdad —dijo el Viejo Oso.

   —¿Te has sentido solo? —le preguntó el Osito.

   —Un poquito —contestó el Viejo Oso.
Pero he dormido mucho.

   —Bueno —le dijo el Osito amablemente—,
¿te gustaría volver a la habitación de los
juguetes con nosotros?

   —¡Pues claro! —respondió el Viejo Oso.
Pero ¿cómo bajaremos?

   —No te preocupes —repuso el Osito—,
Morenito ya lo ha solucionado. Usaremos
estos pañuelos como paracaídas.

—¡**E**l bueno de Morenito! —exclamó el Viejo Oso.
Me alegro de que no me haya olvidado.
El Viejo Oso se levantó y se sacudió el polvo, y el
Osito le ayudó a preparar el paracaídas. Después
se colocaron cerca del agujero.

    —¡Preparado! —gritó el Conejo.

    —¡Listo! —gritó el Pato.

    —¡YA! —gritó Morenito.

Los dos osos saltaron como dos valientes desde
el agujero del techo. Los pañuelos-paracaídas
se abrieron, y los dos amigos bajaron planeando
hasta aterrizar sin un rasguño sobre la manta.

—Bienvenido a casa, Viejo Oso —dijo Morenito,
dando golpecitos en la espalda de su amigo.
Los otros también le dieron golpecitos para que
se sintiera más en casa.
—Nos alegramos de que hayas vuelto —dijeron.
—Me alegro de estar de vuelta —contestó el Viejo Oso.

Aquella noche, cuando todos los animales dormían, Morenito pensó en las aventuras de la jornada y miró a sus compañeros.

El Conejo se emocionaba soñando que saltaba tan alto como una avioneta.

El Pato soñaba que podía volar de verdad y que rescataba ositos de lugares muy elevados.

El Osito soñaba con todas las cosas interesantes que había visto en el desván, y el Viejo Oso soñaba en los buenos momentos que viviría ahora que había vuelto con sus amigos.

—Yo ya sabía que hoy sería un día especial —se dijo Morenito.